NOTHING BUT LIES

SHINA SUZAKA
RIKA ANZAI (STORY)

I N H A L T

KAPITEL 1
NOTHING BUT LIES

NOTHING BUT LIES

STARBECKS COFFEE
ICH BIN MIT MEINEM LEBEN EIGENTLICH GANZ ZUFRIEDEN.

ICH BIN GRÖSSER UND ATTRAKTIVER ALS DER DURCHSCHNITT...
... ARBEITE FÜR EINE GROSSE BUCHHALTUNGSFIRMA...
... UND HABE EINE HÜBSCHE VERLOBTE, DIE TOLL KOCHEN KANN.
NUR PÜNKTLICHKEIT IST NICHT IHRE STÄRKE...
ALSO WIRKLICH, MIKA...!
WENN ICH SIE HEIRATE UND EINE FAMILIE GRÜNDE...
... KÖNNTE ICH GLÜCKLICH WERDEN...
ACH...
LEER...
... AUCH WENN DAS HIESSE ...
NOCH EINEN KAFFEE ...
GARAN
ÄHM...

DU KANNST DIESEN HABEN, WENN DU WILLST.
... MIR WEITERHIN IN DIE EIGENE TASCHE ZU LÜGEN.

HÄ?
ACH, DAS KAM UNERWARTET, WAS?
VON FREMDEN NIMMT MAN WOHL KEINE GETRÄNKE AN...
NA JA...
ICH SEHE DICH HIER ÖFTER UM DIESE ZEIT AUF JEMANDEN WARTEN...
ICH STAUNE...
HÄTTE NICHT GEDACHT, DASS ER MICH MAL ANSPRICHT...
STIMMT!
DANN IST ES JA GUT...
ICH SEHE DICH AUCH ÖFTER HIER. DARUM IST ES FAST, ALS WÄREN WIR BEKANNTE.
JA, ICH KENNE IHN...
ER HAT MICH SCHON IMMER HEIMLICH INTERESSIERT...
MEIN KOLLEGE MEINTE, ER WÄRE GLEICH HIER. DESHALB HABE ICH ZWEI GEKAUFT, ABER...
... GERADE HAT ER MIR GETEXTET, DASS ER SICH VERSPÄTET.
ALSO BITTE, WENN DU MÖCHTEST...!
ER WIRD SONST BLOSS KALT!
„KOLLEGE", JA?
TJA, WENN DAS SO IST...
... DANN BIN ICH MAL SO FREI...

ARBEITEST DU HIER IN DER GEGEND?
ICH SEHE DICH IMMER IM ANZUG HIER SITZEN.
HÄ?
JA, IN EINER IT-FIRMA GANZ IN DER NÄHE.
ER SCHEINT ENGAGIERT ZU SEIN... DAS LÄSST SEIN MILCHGESICHT GAR NICHT VERMUTEN...
UND DU?
ICH ARBEITE FÜR DIE BUCHHALTUNGS-FIRMA DIREKT AM AUSGANG B.
OH!
EIN RICHTIG TROCKENER JOB ALSO!
ICH DACHTE, DU HÄTTEST BESTIMMT WAS MIT MEDIEN ODER WERBUNG ZU TUN.
DU SAHST FÜR MICH SO AUS...
IST NICHT BÖSE GEMEINT...!
SO WAS SAGT ER MIR EINFACH DIREKT!?
ICH HABE AUCH NICHT EINFACH GESAGT, WAS ICH DACHTE.
HAHA!
DAS HÖRE ICH OFT!
HEISST WOHL, ICH WIRKE OBERFLÄCH-LICH...
ABER ES KAM NICHT UNVERSCHÄMT RÜBER...
ACH, ÄH...
DU SIEHST EINEM SCHAU-SPIELER ÄHNLICH, DEN ICH FRÜHER SEHR MOCHTE ...
DU KENNST IHN WAHR-SCHEINLICH NICHT, ABER...
MEINST DU VIELLEICHT HARUKI KOJIMA?
DER IMMER DIESE PROTZIGEN GANGSTER GESPIELT HAT...?

WAS...?! DU KENNST IHN?!
DAS FREUT MICH!
AH, VERSTEHE!
MEIN BOSS MAG AUCH DIESE ALTEN GANGSTER-FILME...
ES GIBT NICHT SO VIELE IN UNSEREM ALTER, DIE HARUKI KO-JIMA NOCH KENNEN!
ACH, DU BIST ZU BENEI-DEN!
DER KERL SAGT WAS ER DENKT ...
HEY...!
AH, DEIN TYP WIRD VERLANGT!
TJA, ICH MUSS LOS...
GARAN
DANKE FÜR DEN KAFFEE!

...
DARF ICH NACH DEINEM NAMEN FRAGEN ...?
ICH HEISSE ITO.
YUICHI ITO.
ICH BIN TAKASE.
MAN SIEHT SICH, ITO!
ER HATTE MEIN INTERESSE GEWECKT ...

AH...
SORRY, YUICHI...
... WEIL ER IMMER AUF EINEN MANN GEWARTET HAT.
WURDE ABER AUCH ZEIT!
...
HM? EIN BEKANN-TER VON DIR?
NEIN, NEIN. GEHEN WIR, MIKA!
HACH...! ICH FREUE MICH RIESIG AUF DEN RING!
GNÜÜÜ

...
...
...
...
WAS DENN ...?!
EIN FILM, IN DEM SCHWULE MÄNNER VORKOMMEN ...?
...
MH... AH...
HA ... AH... AH...
...
...
...
...
GLUPS
...
...
...
...
...

ES WAR EIN SCHOCK.
ZU DEM ZEITPUNKT HATTE ICH BEREITS JEDE MENGE ERFAHRUNGEN MIT FRAUEN...
DARUM REDETE ICH MIR EIN, ICH WÄRE BLOSS BI...
... UND WÄHLTE BEWUSST NUR BEZIEHUNGEN ZU FRAUEN.
ICH DACHTE, DAS WÜRDE MICH GLÜCK-LICHER MACHEN.
SO AUF-GEREGT WEGEN EINES RINGS?
IST DOCH KLAR!
ES GIBT KEINE FRAU, DIE SICH NICHT AUF IHREN VERLOBUNGS-RING FREUEN WÜRDE!

NA ALSO...!
ICH HATTE MICH NICHT GEIRRT...
EIN BEKANNTER HAT ES MIR GESCHICKT ...

IN WAHRHEIT LIEBST DU MICH DOCH GAR NICHT WIRKLICH!
IHRE TROTZIGE HALTUNG MACHTE MICH WÜTEND, ABER...
... GLEICHZEITIG WAR ICH AUCH SCHOCKIERT, WIE GENAU SIE MICH DURCHSCHAUT HATTE...
„ALLES KLAR, VERGESSEN WIR DIE HOCHZEIT..."
ICH WAR AUCH UN-EHRLICH...
DESHALB KANN ICH NICHT BLOSS MIKA DIE SCHULD GEBEN.
STARBECKS CO
ER IST HEUTE WIEDER NICHT HIER...

ICH HABE IHN NICHT MEHR GESEHEN, SEIT ER MIR DEN KAFFEE SPENDIERT HAT.
TRIFFT ER DEN KERL NUN WOANDERS...
... ODER HABEN SICH DIE BEIDEN GETRENNT?
SEINEN FREUND ZU SEHEN, HAT IHN IMMER SO GLÜCKLICH GEMACHT...
IRGENDWIE HÄTTE ICH IHN GERN GETROFFEN...
WÜRDE GERN...
... SEINEN RAT HÖREN ...
BESTIMMT WÜRDE ER MICH FREUNDLICH BELEHREN...
„AUF SO WAS DARFST DU DICH NIE WIEDER EINLASSEN!“
WAS ICH MIR HIER EINBILDE ...
PFFF...
...

UND DOCH HATTE ICH DAS GEFÜHL...
BITTE SCHÖN, DAS TAGESMENÜ ...
... EINE BEGEG-NUNG MIT IHM KÖNNTE ETWAS VERÄNDERN...
DANKE...
HA...! SCHON WIEDER SO HEISS HEUTE! DABEI HABEN WIR ERST MAI!
WIRD VERMUTLICH WIEDER EIN HEISSER SOMMER ...
ES MUSS JETZT EIN HALBES JAHR HER SEIN...

IM GRUNDE HABE ICH MICH KEIN STÜCK WEITER-BEWEGT...
ICH BRINGE NUR TAG FÜR TAG DEN ALLTAG HINTER MICH ...
ACH, EINMAL HABE ICH MIKA AUF DER STRASSE GESEHEN...
DER MANN NEBEN IHR WAR NICHT DER VON DEM FOTO, ABER...
... NA JA, ICH SOLLTE DAZU WIRKLICH NICHTS SAGEN.
WERD EINFACH GLÜCKLICH, MIKA.
SHFFF
WILL-KOMMEN!
WIR HABEN EIN KIND DABEI. GEHT DAS IN ORD-NUNG?
ACH, EIN BABY...!? DANN NEHMT BITTE HIER PLATZ. HINTEN IST DER RAUCHER-BEREICH.
SO, ZU-RÜCK IN DIE FIRMA, DEN REST-LICHEN KRAM ER-LEDIGEN ...
GARAN
SIE WIRKT GLÜCK-LICH...
NA? SOLL DICH DEIN PAPA MAL HALTEN?

DAS IST DOCH DER FREUND VON DEM KERL...!?
GLIMP
WUPP
SO IST DAS ALSO...

WER IST DAS?
HÄ? ACH...
ÄHM...
HAT MICH GEFREUT...
... DICH NEULICH ZU SEHEN!
A... ACH, GLEICH-FALLS...
SO EIN ZUFALL, DASS MAN SICH HIER WIEDER-SIEHT...!
AH...
BU...
BU...
WAS FÜR EIN SÜSSES BABY!
EIN MÄD-CHEN?
JA...
IHN HABE ICH NUR EINIGE MALE IM CAFÉ GESEHEN, ABER...
... ER HAT SICH AN MICH ERINNERT...
ÜBRIGENS... WIE GEHT ES ITO...?

ACH, DEN HABE ICH LÄNGER NICHT GESEHEN...
ACH NEIN...?! SIND SIE GETRENNT ...?
ICH WÜRDE MICH GERN BEI IHM MELDEN. KÖNNTEST DU MIR SEINE KONTAKTDATEN GEBEN?
HAST DU SEINE VISITENKARTE ODER SO WAS?
NEIN, HAB ICH NICHT.
VERSTEHE. ALSO DANN ...

CIAO!
BYE-BYE!
VIELEN DANK ...!
SHFFF
SHFFFT
ピシャー
...
SO BIN ICH NORMALERWEISE NICHT...
ICH STECKE SONST NIE MEINE NASE IN DIE ANGELEGENHEITEN ANDERER... DOCH GERADE EBEN WAR ES FAST, ALS HÄTTE ICH STREIT GESUCHT...
ICH WAR IRGENDWIE VERÄRGERT ...
STOPP
NEIN, ICH HABE NICHT DAS RECHT, WÜTEND ZU SEIN...

OB ITO WEISS, DASS DER KERL EINE FAMILIE HAT?
KOMMT ER NICHT MEHR INS CAFÉ, WEIL SIE SICH GETRENNT HABEN?
ER IST ABER AUCH EIN IDIOT...
MUMBL
...
ER HAT IMMER SO TREU AUF IHN GEWARTET ...
... UND WURDE DANN DOCH NUR HINTER-GANGEN ...
ICH FRAGE MICH...
... WIE ES IHM GEHT...

TAKASE-SAN!
HÄ? WAS DENN ...?!
NACH ALL DER ZEIT...!
ECHT?
LA... LANGE NICHT GESEHEN, ITO...
EWIG NICHT!
WARTEST DU AUCH WIEDER AUF JE-MANDEN?

ACH...
MEIN TREFFEN WURDE EBEN PER MAIL ABGESAGT ...
JETZT HABE ICH IHN GLATT ANGE-LOGEN...
ACH, WIE SCHADE...!
UND DU, ITO...?
UH...
ICH BIN HERGE-KOMMEN, WEIL ICH GEHOFFT HABE, DICH HIER ZU TREFFEN.
HÄ?!
ICH BIN DIE GANZE ZEIT VIEL ZU NER-VÖS...!
TAKASE-SAN, DU WEISST...
ZOPP
... DASS ICH HIER IMMER MEINEN FREUND GETROF-FEN HABE, RICHTIG?
ÄH... JA...

WIR HABEN UNS GETRENNT, DOCH NEULICH...
... HAT ER SICH BEI MIR GEMELDET UND GESAGT...
... DASS ER DICH ZUFÄLLIG MAL GETROFFEN HAT...
ER FRAGTE MICH AUS, WIE UNSER VERHÄLTNIS SEI, SEIT WANN WIR UNS KENNEN UND SO...
DA WAR ICH BESORGT, ER HÄTTE DICH VIELLEICHT GENERVT...
ACH, DARUM ALSO...
NEIN...
WIR HABEN BLOSS EIN, ZWEI WORTE MITEINANDER GEWECHSELT ...
ACH, DANN IST JA ALLES GUT!
ABER IMMERHIN... SIND SIE TATSÄCHLICH GETRENNT...
AH, WARTE KURZ... ICH HOLE MIR MAL SCHNELL EINEN KAFF...
STOPP
ÄHM...
WENN ES DIR RECHT IST, KÖNNTEN WIR AUCH ZUSAMMEN ESSEN!?

MMMH...!
SO VIEL AUSWAHL... DA KANN ICH MICH GAR NICHT ENTSCHEIDEN!
ACH, VIELLEICHT ERST MAL DIE GETRÄNKE ...
ICH NEHME EIN BIER...
WAS TRINKST DU, TAKASE-SAN?
AUCH EIN BIER.
SELTSAM...
BIS GERADE EBEN DACHTE ICH NOCH, WIR WÜRDEN UNS NIE WIEDER-SEHEN...
... UND NUN SITZT DER KERL MIR HIER EINFACH SO GEGENÜBER...

IN LETZTER ZEIT HABE ICH IMMER ALLEIN GEGESSEN. HATTE DABEI LANGE KEINE GESELL-SCHAFT MEHR.
HEISST DAS, ER IST MOMENTAN SINGLE?
DODOMM
KLACK
TAKASE-SAN, ALS DU IHN GETROFFEN HAST...
... WAR ER BESTIMMT NICHT ALLEIN, ODER?
WAR SEINE FRAU DABEI?
ÄHM...
KEINE SORGE! ICH WEISS BESCHEID. DESHALB HABEN WIR UNS AUCH GETRENNT.
ER HAT MICH AUS EINER LAUNE HERAUS BE-TROGEN UND EINE FRAU GESCHWÄN-GERT.
DARAUF-HIN HAT ER MICH SITZEN-LASSEN.

...
...
ITO...
ER HAT ALSO IMMER NOCH GEFÜHLE FÜR IHN...
ALS ER MICH ANRIEF, HATTE ICH PLÖTZLICH HOFFNUNG...
VIELLEICHT HAT ER SICH VON DER FRAU GETRENNT UND WILL ES NOCH MAL MIT MIR VERSUCHEN... DACHTE ICH...
... OBWOHL ICH MIR SO ETWAS GAR NICHT WÜNSCHEN SOLLTE.
DAFÜR KÖNNTE ICH MICH OHRFEIGEN.

ENT-SCHULDIGE BITTE ...
ALS ICH MICH VON MIKA TRENN-TE, WAR ICH GERADEZU ERLEICH-TERT...
SO ANDERS KANN ES SEIN...
SO ECHT KÖNNEN GEFÜHLE FÜR JEMANDEN SEIN...
ÄHM...
WENN DU WILLST, KÖNNEN WIR AB UND ZU WAS TRINKEN GEHEN... SO WIE JETZT.
MEINE FREUNDIN HAT MIR KÜRZLICH AUCH GESAGT, DASS SIE JEMAND ANDEREN HAT...
... WORAUF-HIN WIR UNS GETRENNT HABEN.
DU WEISST JA, DASS SIE MICH BEI DATES OFT VER-SETZT HAT.
NUN IST ES ENDGÜLTIG AUS.
EINE GLATTE LÜGE...
ICH WOLLTE DAMIT BLOSS SEIN MITLEID ERREGEN...

... UND EINEN VORWAND FÜR EIN WIEDERSEHEN HABEN...
...
SEIT DER TRENNUNG VON MEINEM FREUND HABE ICH ALL DIE FREIE ZEIT, DIE FRÜHER FÜR DATES RESERVIERT WAR...
DAS MACHT ES NOCH SCHWERER, DARÜBER HINWEG-ZUKOMMEN ...
JA, FINDE ICH AUCH!
DARUM LASS UNS ZWEI VERLASSENE ÖFTER MAL WAS TRINKEN GEHEN!
ÄHM... UND BIT-TE NICHT FALSCH VERSTE-HEN!
JA, MEINE WORTE!

SEIT DER SCHLIMMEN ERFAHRUNG MIT IHM HABE ICH BESCHLOSSEN, MICH NICHT MEHR IN HETEROS ZU VERKNALLEN.
LIEBE WIRD NUN OHNEHIN EINE WEILE KEIN THEMA FÜR MICH SEIN.
DESHALB KANNST DU GANZ BERUHIGT SEIN, TAKASE-SAN.
HAHA! ICH HATTE KEINE BEDENKEN IN DER RICHTUNG!
BIN IMMERHIN AUCH SCHWUL ...
... ABER DAS SAGE ICH IHM BESSER NOCH NICHT...
OKAY, DANN IST ES BESCHLOSSENE SACHE!
SEINE WORTE ERZEUGEN GEMISCHTE GEFÜHLE BEI MIR...
HIER, HIER! SCHREIB MIR DEINE NUMMER AUF, TAKASE-SAN!
ÄH, DU MAGST DOCH GANGSTERFILME, RICHTIG?
ICH BEKOMME OFT TICKETS FÜR VORSTELLUNGEN DER ALTEN SCHINKEN.
WOLLEN WIR DA MAL GEMEINSAM HIN?
HÄ? IM ERNST?
JA, SEHR GERN!
...
...

ALSO, BIS BALD!
EIN GLÜCKS-GEFÜHL, WIE ICH ES BEI FRAUEN NIE HATTE...
← 出口
NUN SPÜRE ICH ES ZUM ERSTEN MAL...

KAPITEL 2

NOTHING BUT LIES

ES IST NUN SCHON EINE WOCHE HER, DASS ICH ITO GETROFFEN HABE UND WIR UNSERE NUMMERN AUSGETAUSCHT HABEN.
DER ABEND NEULICH WAR NETT.
WOLLEN WIR DEN HEUTE WIEDERHOLEN?
編集 共有
ITO
MOBIL:
090-XXXX-X
ADRESSE:
...
ポチ
TIPP
↑ DISPLAY OFF...

ICH HABE ES BIS JETZT NICHT GESCHAFFT, IHN ZU KONTAKTIEREN...
BONK
HACH, MIST...!
WIR HÄTTEN NICHT BLOSS UNSERE NUMMERN, SONDERN AUCH DIE LINE-KONTAKTE AUSTAUSCHEN SOLLEN.
IST ES DENN SO SCHWER, MICH BEI IHM ZU MELDEN?!
BZZZ
UAH!
IRKS
ITO
ITO...?!
BZZZ
HA... HALLO?
TAKASE HIER...
HALLO...
ICH BIN'S, ITO...

DU BIST WOHL NOCH BEI DER ARBEIT. DARUM NUR GANZ KURZ...
WOLLEN WIR HEUTE ABEND WAS ESSEN GEHEN?
HEUTE IST FREITAG, DA KÖNNTEN WIR ES GANZ RELAXT ANGEHEN, DACHTE ICH...
EINE EINLADUNG VON ITO!!
ÄH...
I...
ICH WOLLTE MICH GERADE IN DIESEM MOMENT AUCH BEI DIR MELDEN!
WAH...! SO EIN ZUFALL...!
DANN ALSO IM ÜBLICHEN CAFÉ?
JA, ICH KANN GLEICH LOS, ABER ICH BIN ES JA GEWOHNT, ZU WARTEN...
KOMM EINFACH, WANN ES FÜR DICH PASST.
BIS NACH-HER!
GLIII GLIII GLIII GLIII
ANRUF BEENDET
ITO
TUUU
TUUU

JA!!!
ICH SEHE IHN WIEDER!
EINE FRAU?
IIIRK
BOSS!
ZABBA
ZABBA
NEI... NEIN! KEINE WICHTIGE SACHE!
WAR GESCHÄFTLICH...
ES WAR EIN MANN...
„GESCHÄFTLICH“...?
HMMM ...?
„KEINE WICHTIGE SACHE“?
WENN DAS SO IST, DANN BEARBEITE DIESEN VORGANG BITTE NOCH HEUTE.
HIER...
PFLAFF
HÄ?!

ALLES KLAR, TAKASE! DER FRÜHLING IST ENDLICH AUCH FÜR DICH GEKOMMEN, WAS?
NACHDEM DIR DIE VERLOBTE WEGGELAUFEN IST, WARST DU NUR NOCH DER REINSTE TRAUERKLOSS!
DASS DU JETZT AUCH MAL FREUDE ZEIGEN KANNST...!
WAR EIN SCHERZ! EIN SCHERZ...!
NICHT MAL, ALS DU NOCH MIT DEINEM MÄDCHEN ZUSAMMEN WARST...
... HABE ICH DICH JE SO BEGEISTERT ERLEBT...
GAHAHA!
SIEH ZU, DASS SIE DICH NICHT AUCH SITZEN LÄSST!
ES IST WIRKLICH KEINE FRAU ...
STIMMT. ES IST KEINE FRAU...

VIELE JAHRE HABE ICH MICH SELBST BELOGEN...
... ABER JETZT KANN ICH ALLMÄHLICH AKZEPTIEREN...
... DASS ES IN DER LIEBE...
... IN WAHRHEIT MÄNNER SIND, DIE MICH ANZIEHEN.

...
...
...
TUUUT
SWUUU
ミン
ミン
SWUUU
SATOBUCKS COFFEE
CINEM
...
...
...
...
...
...

...
...
VROOOO
HACH...!
TUTUUUT
SWUUU
SWUUU

PAAAA
HARUKI KOJIMA IST EBEN DOCH GENIAL...!
SWUUU
SWUUU
CINEMA
WIE ER DA ALLEIN GEGEN DIE FEINDLICHE TRUPPE ANGETRETEN IST...!
DIESE HITZE...
SWUUU
SWUUU
KAUM AUSZUHALTEN...
ER KANNTE DIE GEFAHR, HAT ABER TAPFER AN SICH GEGLAUBT!
SWUUU
SWUUU
SWUUU
SEINE LETZTEN WORTE GINGEN MIR TOTAL NAH...
OBWOHL ER EIGENTLICH EIN ANGSTHASE WAR, HAT ER DIE SACHE ZULETZT FÜR SICH ENTSCHIEDEN!
WIE COOL...!
YUICHI IST SO VOLLER ENERGIE...
LIEGT DAS AN DEN ZWEI JAHREN ALTERSUNTERSCHIED ZWISCHEN UNS...?
DU BIST EIN ECHTER FAN VON HARUKI KOJIMA, WAS?

KLAR, ER IST SCHON LANGE MEIN FAVORIT!
HAB BEREITS IN DER GRUNDSCHULE OFT GANGSTERFILME GEGUCKT.
DIESE LOYALITÄT BEI DEN HELDEN FAND ICH TOLL!
DIE FILME HABEN MICH ECHT GEFESSELT!
UND SO LERNTE ICH HARUKI KOJIMA KENNEN!
BEIM NÄCHSTEN TREFFEN BRINGE ICH DIR MEINE LIEBLINGS-DVD MIT.
ACH, ABER DIESES MEISTERWERK SOLLTEST DU AUF GROSSLEINWAND SEHEN...!
WIE BEGEISTERT ER IST...!
WENN ICH WIEDER TICKETS BEKOMME, DARF ICH DICH DANN EINLADEN?
ICH HABE KEINE FREUNDE, DIE SOLCHE FILME MÖGEN...
KLAR!
WIE SÜSS...!
ÄHEHE!
ICH HAB DAS GEFÜHL, WIR SEHEN UNS JETZT JEDE WOCHE!
WAS IST LOS?
?
A... ACH...
JEDE WOCHE IST ÜBERTRIEBEN... VIELLEICHT ZWEI-, DREIMAL IM MONAT...?
NERVÖS
IMMERHIN...!
TROTZDEM OFT!
WAHAHAHA!
UNSER WIEDERSEHEN WAR VOR ETWA DREI MONATEN...
JETZT VERSTEHEN WIR UNS RICHTIG GUT...

Doch die zwei Jahre Altersunterschied sind ihm bewusst. Er nennt mich immer noch Takase-san...
GLAAA
Wa... was ist?
Du bist Haruki Kojima wirklich ähnlich!
Ahaha! Das stimmt natürlich!
Ich bin weder so arrogant wie er, noch habe ich ein Rosentattoo...
Ich erinnere ihn einfach an seinen Lieblingsschauspieler...
Mehr steckt wahrscheinlich gar nicht dahinter...

AHHH...! MACHT ECHT SPASS MIT DIR!
NEIN, DU BIST EIN GUTER ERZÄHLER, YUICHI!
HÄ...? UNSINN!
VIELLEICHT, WEIL DU SO EIN GUTER ZUHÖRER BIST, TAKASE-SAN!
TORU HAT MICH OFT KRITISIERT, ICH WÜRDE ZU VIEL RE...
ÄH...
... DEN...
HÄ?
WAS WOL-LEN WIR ESSEN?
ICH KRIEGE LANGSAM HUNGER.

AH, SIEH MAL DA, TAKASE-SAN!
DER LADEN SIEHT DOCH GUT AUS, ODER?
NICHTS WIE REIN!
UND HIER HÄTTEN WIR KARTOFFEL-SALAT À LA GELATO... ♡
WIE...? DAS ESSEN IST JA ZIEMLICH SCHICKI-MICKI...
„À LA GE-LATO"...?
DAS NENNT MAN WOHL INSTAGRAM-WÜRDIG...
WIR HIER ALS ZWEI MÄNNER...
HEY, DA SIND BLUMEN DRIN. KANN MAN DIE ESSEN?!
ÜBRIGENS, TAKASE-SAN...

ピIIIRK
HAST DU NOCH GAR KEINE NEUE FREUNDIN?
!
ALLES OKAY? WAR DAS DING HEISS?
FLUP
ALLES GUT! ALLES GUT!
WEISST DU... MEINE SEELISCHEN WUNDEN SIND NOCH NICHT VERHEILT... ALSO ...
AH, VERSTEHE...
ABER SAG BESCHEID, WENN DU EINE TRIFFST, DIE DU MAGST!
OH, DAS HIER IST LECKER!
DICH MIT EINEM SCHWULEN ZU TREFFEN ...
... KÖNNTE DIR EINE CHANCE VERMASSELN...
MIT EINER SO INTOLERANTEN FRAU WÜRDE ICH MICH NICHT EINLASSEN.
VÖLLIGER UNSINN...!
IN WAHRHEIT STEHE ICH EINFACH AUF MÄNNER...

JA, ICH SOLLTE ES IHM GANZ OFFEN SAGEN...
UND DU...? DENKST DU BEREITS AN EINE NEUE BEZIEHUNG?
HM...
ACH, DA FÄLLT MIR EIN... NEULICH KAM EINE POSTKARTE VON TORU...
EINE POSTKARTE?
JA.
EINE MIT DEM FOTO SEINES BABYS...
ER GAB DAMIT SEINEN UMZUG BEKANNT.
„UNSERER FAMILIE GEHT ES PRIMA“, STAND DRAUF.
WIESO SCHICKT ER MIR SO ETWAS JETZT NOCH?
JA, WAS SOLL DAS?!
WEG DAMIT! WIRF DAS DING WEG!

ABER DAS BABY HAT MIR DOCH NICHTS GETAN...
TROTZ-DEM...!
DER KERL HAT IHN AUCH VORHER IMMER WIEDER ANGE-RUFEN...
ER HAT DAS BESTIMMT NUR GEMACHT, UM DEINE AUF-MERKSAMKEIT ZU BEKOM-MEN...
JA, KANN SEIN...
TORU WAR MIR SO EINIGE MALE UNTREU...
DOCH ICH HABE IHM IMMER WIEDER VER-ZIEHEN.
DARUM DENKT ER OFFENBAR AUCH JETZT, ICH WÄRE EINFACH WIEDER ZU HABEN.
VIELLEICHT MEINT ER, MICH HINTER DEM RÜCKEN SEINER FRAU TREFFEN ZU KÖNNEN.
HEY...
DAS LÄSST DU SCHÖN BLEIBEN, KLAR?!
PFAHA!
ER HAT DOCH NOCH KEIN WORT DAVON GE-SAGT!

WAS MÄNNER ANGEHT... WAR ICH DER EINZIGE IN SEINEM LEBEN. DARUM KONNTE ICH IHM IMMER IRGENDWIE VER-ZEIHEN...
ABER...
... ALS ER MIR SAGTE, ER WÜRDE WEGEN DES KINDES HEIRATEN...
... WAR DAS EIN TOTALER SCHOCK FÜR MICH.
ER HAT IMMER GETAN, WAS ER WOLLTE...
... DOCH IRGENDWIE MOCHTE ICH SOGAR DAS AN IHM.
OH NEIN! VIELLEICH BIN ICH EIN MASO!?
AHAHA!
あはっ

DU BIST ZU SCHADE FÜR DIESEN KERL, YUICHI.
TAKASE-SAN, DU HAST DAS GESICHT EINES COOLEN GANGS-TERS, BIST ABER TOTAL NETT!
WAS HEISST HIER „GANGS-TER"?!
HACH...!
WÄRE ICH MIT JEMANDEM WIE DIR ZUSAMMEN, WÄRE ICH DER GLÜCKLICHSTE MENSCH!
PFFFF
HAHAHA! WAS SOLL DENN DAS?!
HIER! SERVIETTE! SERVIETTE!
...
KEIN GRUND ZUR PANIK! ICH SAGTE DOCH, ICH LASSE DIE FINGER VON HETEROS!
ICH WILL YUICHI JA DIE WAHRHEIT SAGEN...

... DOCH WENN ER MICH DANN ALS PARTNER AKZEPTIEREN WÜRDE...
... DANN...
WAHAHAHAHA!
NICHT DOCH, RIK-KUN!
...
WOLLEN WIR DANN MAL GE-HEN...?
HÄ? AH... JA...

...
AHAHA!
MEINE GÜTE!
HEY, DIE BEIDEN DA...
PLÖTZLICH DÄMMERT MIR, WAS ES BEDEUTEN MUSS, EIN MÄNNLICHES PAAR ZU SEIN...
WENN YUICHI BEREIT FÜR EINE BEZIEHUNG MIT MIR WÄRE...
... KÖNNTE ICH DIESE UMSTELLUNG WIRKLICH SCHAFFEN?
KÖNNTE ICH DIESES LEBEN, MIT DEM ICH DURCH MEINEN FREIWILLIGEN SELBSTBETRUG „GENERELL GANZ ZUFRIEDEN“ WAR, AUFGEBEN...
UND EINES WÄHLEN, IN DEM ICH STÄNDIG SOLCHEN BLICKEN AUSGESETZT WÄRE...?

KANN ICH WIRKLICH SICHER SEIN, DASS ICH DAS NIE BEREUEN WÜRDE...?
SORRY...
HÄ...?
NA JA, DAS WAR EIN ROMANTISCHES RESTAURANT FÜR PÄRCHEN.
DU MUSST DICH SELTSAM GEFÜHLT HABEN.
DAS HAT ER BEMERKT...?
ACH WAS...
ICH KÜM-MERE MICH KAUM UM DIE BLICKE ANDERER.
OFT MERKE ICH ES GAR NICHT, WENN LEUTE SELTSAM GUCKEN.
TUT MIR ECHT LEID...

UND AUSSER-DEM...
FUH...
... TRIFFT DICH DOCH GAR KEINE SCHULD.
SAG MAL, YUICHI...
OUTEST DU DICH EIGENTLICH ALLEN LEUTEN GEGENÜBER GANZ OFFEN?
NA JA, ICH ERWÄHNE ES NICHT EXTRA, ABER...
... WENN MAN MICH FRAGT, SAGE ICH SCHON, DASS ICH SCHWUL BIN.
ICH SEHE KEINEN GRUND, DAS ZU VERHEIMLICHEN.
WIRST DU DENN NIE KOMISCH ANGE-SEHEN?
DAS MACHT MIR NICHTS AUS.
ES IST MIR MITTLER-WEILE EGAL, WAS LEUTE ÜBER MICH SAGEN ODER DENKEN.

KLAR HAT ES MICH VIEL ÜBERWINDUNG GEKOSTET, ABER ICH BIN NUN MAL SO.
TJA...
ICH KANN MIT DEN VORURTEILEN ANDERER LEBEN.
ER IST ECHT STARK...
UND ICH NICHT... IST MIR RICHTIG PEINLICH...
DOCH MIT DIR ZUSAMMEN BIN ICH VORSICHTIG, DAMIT DU NICHT AUCH NOCH KOMISCHE BLICKE ERNTEST.
PING
AH, ERDGESCHOSS!

OBWOHL YUICHI SO DIREKT UND LOCKER IST...
... STEHT MIR IMMER NOCH MEIN DUMMER STOLZ IM WEG...
ICH KANN MICH SELBST NOCH NICHT...
... AKZEPTIEREN, WIE ICH BIN...
TAKASE-SAN, DU MUSST ZUR XX-LINIE, RICHTIG?
WO GEHT'S ZUM BAHNSTEIG...?
YUICHI...!
WOLLEN WIR NOCH WAS TRINKEN GEHEN?

ACH ... SORRY ...
HEUTE NICHT, ICH MUSS MORGEN FRÜH RAUS.
DANN BEGLEITE ICH DICH NACH HAUSE.
HÄ? NEIN, NICHT NÖTIG...
DANN WENIGSTENS ZUR TICKETSCHRANKE ...
PFAHA!
ALSO WIRKLICH, TAKASE-SAN...!
ICH BIN DOCH KEIN MÄDCHEN...!
SO... SORRY ...

WOLLEN WIR NÄCHSTE WOCHE IRGENDWO HINFAHREN...?
FREITAG?
JA, ODER AUCH SAMSTAG ODER SONNTAG...
LASS UNS WEGFAHREN!
GUT, ABER...
TAKASE-SAN...
... BENUTZT DU MICH ETWA ZUM REHA-TRAINING?

„REHA-TRAINING“ ...?
UM FÜR DEINE NÄCHSTE BEZIEHUNG WIEDER FIT ZU WERDEN!
ZUR ÜBUNG ...!
ER-WISCHT...
WUSSTE ICH'S DOCH!
DU BIST PLÖTZLICH SO ZIEL-STREBIG...
... DASS ICH MICH GEWUN-DERT HABE...
GUT. DANN HABEN WIR NÄCHSTE WOCHE ALSO EIN „DATE“!
DIE PLANUNG ÜBERNIMMST DU, TAKASE-SAN!
JA, MACHE ICH!
WAS SOLL ICH TUN? DICH MIT EINEM BLUMEN-STRAUSS ABHOLEN?
MACH DAS BLOSS NICHT!
WEISST DU NICHT, WIE TEUER BLUMEN SIND?
EIN DATE MIT YUICHI...

OKAY, DANN DENKE ICH MIR JETZT MAL WAS NETTES AUS...
WIR FAHREN AN EINEN ORT, DER YUICHI GEFAL-LEN WIRD...
... VERBRINGEN DORT EINE SCHÖNE ZEIT...
... UND WENN ICH IRGEND-WANN ZU MIR SELBST STEHEN KANN, DANN...
DANN GUTE NACHT...
HEY...
WAS DIE POSTKARTE ANGEHT...
DANKE, DASS DU MIR GERATEN HAST, SIE WEGZUWERFEN.

ACH... DIE KARTE...
JA, WIRF SIE WEG.
NEIN, DAS WERDE ICH NICHT!
MEIN GANZER ÄRGER DARÜBER IST VERFLOGEN!
ICH DENKE, DAS HAST DU BEWIRKT!

DANKE!
GIII
PATAMM

MIR SPRINGT FAST DAS HERZ AUS DER BRUST...
ICH MUSS IHM EINFACH SAGEN, WAS ICH FÜHLE...
YUICHI...
ICH LIEBE DICH...

KAPITEL 3
NOTHING BUT LIES

OHHH...! WAHNSINN!
WAS FÜR EIN TOLLER AUSBLICK!
TAKA
LEHN DICH NICHT ZU WEIT RAUS, JA?
NEIN, NEIN, KEINE SORGE!

YUICHI WIRKT GANZ BEGEISTERT...
... VON UNSEREM "DATE"...
EINIGE STUNDEN ZUVOR...
GLAAA
ÄHM...
GASCHA
ガチャッ

WARTEST DU SCHON LANGE?
I...
PFAHA!
ICH SEHE WOHL NICHT RECHT...!?
MAFIOSO-STIL
DAS HIER LÄUFT UNTER DEM TITEL „DATE“, RICHTIG?
DA WOLLTE ICH EBEN DEINEN GESCHMACK TREFFEN!
UND? GEFÄLLT ES DIR?
UND WIE!!
DU BIST EINFACH ULTRACOOL, TAKASE-SAN!

DACHTE GERADE, DA KÄME EINE ECHTE YAKUZA-KARRE AN!
DU SIEHST SO ECHT AUS, DASS DICH DIE POLIZEI ANHALTEN WIRD!
GERN MEHR DES LOBES BITTE...!
ABER SAG MAL...
WOHER KOMMT DIESER WAGEN? GEHÖRT ER DIR?
MEINEM BRUDER.
ICH WEISS NOCH, WIE ICH WEGEN DER GETÖNTEN SCHEIBEN ÜBER DEN MAFIALOOK GELACHT HABE!
ALSO, WAS HABEN WIR VOR? EINEN ÜBERFALL?
MACHEN WIR NÄCHSTES MAL!
HEUTE FAHREN WIR IN EINE HÜBSCHE GEGEND ZUM ESSEN!

WAHNSINN, DIESER AUSBLICK AUFS MEER!
ABENDS SIEHT MAN DA ÜBERALL LICHTER. IST ECHT TOLL.
WOW...!
DAS IST DEIN TYPISCHES DATE-PROGRAMM, JA?
NEIN...
NA JA... JA...
...
ABER KOMMST DU KLAR?
HM?

ES SIND NUR PAARE HIER...
PST!
MACHT ES DIR NICHTS AUS, AN SO EINEM ORT ...
... MIT MIR ZU SEIN?
WIR TUN DOCH NICHTS VERBOTENES.
ERSTAUNLICHERWEISE STÖRT ES MICH HEUTE NICHT...
STIMMT!
SCHÖN, WENN DU DAMIT KEIN PROBLEM HAST.
ICH WUSSTE JA, WELCHE ART RESTAURANT DAS IST, ALS ICH HIER RESERVIERT HABE...
DARUM KANN ICH ES NUN LOCKERER NEHMEN...
DOCH WENN ICH DEN GLÜCKLICHEN YUICHI SO VOR MIR SEHE...
... FRAGE ICH MICH, WAS EIGENTLICH BISHER MEIN PROBLEM WAR...

HÖR MAL...
HM?
ACH, ICH WOLLTE NUR SAGEN...
WENN DU MÖCHTEST, KÖNNEN WIR JEDERZEIT WIEDER HIERHERKOMMEN ...
JA? DANKE...!
SCHLUCHTBRÜCKE
AUF GAR KEINEN FALL!
DA WERDE ICH OHNMÄCHTIG!

VÜÜÜÜ
DA VORN IST DIE AUS-SICHT ABER GRANDIOS!
UND WENN SCHON ...!
ICH WARTE HIER! GEH DU ALLEIN!
SCHLU
...
MEINE GÜTE! YUICHI HAT HÖHENANGST...
ALLEIN MACHT ES EINFACH KEINEN SPASS...
AH! DU WOLLTEST MIR NUR ANGST MACHEN! SO FIESE GEDANKEN HAST DU, WAS?!
WIE GEMEIN! ECHT DAS LETZTE...!
NEIN, GAR NICHT! ÜBERHAUPT NICHT...!
ICH WOLLTE DEN ANBLICK WIRKLICH MIT IHM ZUSAMMEN GENIESSEN...
... ABER... NA JA, ZWINGEN KANN ICH IHN NICHT...
GUT. DANN WARTE MAL KURZ.
ICH MACHE IN DER MIT-TE WIEDER KEHRT.

„ICH LIEBE DICH“…
ES WÄREN NUR DIESE EINFACHEN WORTE…

DOCH ICH WILL DIE MÜHSAM AUFGEBAUTE GUTE BEZIEHUNG...
... NICHT DURCH MEINE UNGEDULD ZERSTÖREN...
DASS FÜR EIN GESTÄNDNIS SO VIELE HÜRDEN ZU NEHMEN SIND...
AH, RICHTIG...
ICH KÖNNTE FÜR YUICHI EIN FOTO MACHEN...
YUICHI?!
WAS SOLL DAS?! ICH SAGTE DOCH, DU SOLLST AUF MICH WARTEN!
HAHA...
JA, ABER...

* STRESS ERLEICHTERT ES MANCHEN MENSCHEN, SICH IN ANDERE ZU VERLIEBEN (PSYCHOLOGIE).

ES WÄRE WIRKLICH SCHÖN, WENN YUICHI...
... DURCH DIESE SITUATION GEFÜHLE FÜR MICH ENTWICKELT...
SORRY, HAB ES DIR VER-DORBEN ...

NEIN, MACH DIR KEINEN KOPF!
BEI DEINER HÖHENANGST HÄTTEST DU ALLERDINGS WIRKLICH WARTEN SOLLEN.
HIER...
DANKE...
STIMMT.
DU HAST RECHT, ABER...
... ICH HABE MICH PLÖTZLICH DARAN ERINNERT...
... DASS TORU MICH OFT ALLEIN ZURÜCKGELASSEN HAT...
"ZURÜCKGELASSEN" ...?
WENN WIR ZUSAMMEN WAREN UND IHM IRGENDWAS NICHT PASSTE, VERSCHWAND ER OFT URPLÖTZLICH.
ER GING EINFACH NACH HAUSE.
MAN FÜHLT SICH DANN SO VERLASSEN...
SO ETWAS ZU ERLEBEN IST HART...

DU SOLLTEST ES VERGESSEN...
DAS HATTE ICH...
ABER IRGENDWIE...
... FÄLLT ES MIR NEUERDINGS OFT EIN, WENN ICH MIT DIR ZUSAMMEN BIN.
DAS RESTAURANT, IN DEM WIR ZU MITTAG GEGESSEN HABEN...
SO WAS HABE ICH MIT TORU NIE GEMACHT ...
ER HASSTE SOLCHE ORTE...
DAS HEISST WOHL, DASS ICH VON IHM NIE GELIEBT WURDE...
YU...
HEHE...! PLÖTZLICH SO ERNST ...!?
LASS UNS GEHEN!

JA...
SOLLTEN WIR IN EINEN STAU GERATEN, WÜRDEN ALLE SICHERHEITS-ABSTAND ZU UNSERER MAFIAKARRE HALTEN!
BEEILEN WIR UNS!
OH GOTT, JA!
YUICHI...?

ER IST MÜDE VOM VIELEN RUM-LAUFEN...
ICH WÜRDE IHN NIE ZURÜCK-LASSEN...
... ODER MICH ZU EINEM DATE VERSPÄTEN...
ICH WÜRDE NIEMALS... SO WIE TORU... DINGE TUN, DIE IHN VERLETZEN...
MIT MIR WÜRDE ER NIE SO TRAURIG SCHAUEN...
... UND DARUM...
...
MH...?

SORRY, WAR KURZ EINGE-NICKT ...
WO SIND WIR?
GLEICH DA.
GUT, DASS DU VORHER DEINE ADRESSE INS NAVI EINGE-GEBEN HAST.
DANKE, DASS DU MICH BIS VOR DIE TÜR BRINGST.
ACH, SAG MAL ...
MÖCHTEST DU VIELLEICHT MIT REINKOM-MEN?
UH...
ER SAGT DAS SO GANZ OHNE ZÖGERN...
DARF ICH?
ABER WAS, WENN DER GENTLEMAN ZUM RAUBTIER WIRD...?
SCHERZ ...
GIEK
UPS, KAM WOHL NICHT SO GUT AN...

UND WAS, WENN ICH DICH NUN ERNST NEHME...?
HÄ?
GASCHA
ガチャ
ICH DARF ALSO NICHT MIT REIN?
BZZZZT
NEIN.

DANKE FÜR DEN HEUTIGEN TAG.
ICH HAB IHN SEHR GENOSSEN.
...
... SE...

TAKASE!!
KOLLEGE
WILLST DU DIE HIER TRINKEN?!
UAH!
DAS SIND STIFTE!
HAHA! WAR MIT MEINEN GEDANKEN WOANDERS ...
DAS BIST DU VIEL ZU OFT...! HAHA...
EGAL, OB ICH SCHLAFE ODER WACH BIN... ICH DENKE IMMER NUR AN YUICHI...
ICH KANN NICHT LÄNGER SCHWEIGEN...
BEIM NÄCHSTEN TREFFEN SAGE ICH IHM, WAS ICH FÜHLE...
AUCH EINE TOTALE ZURÜCK-WEISUNG WERDE ICH TAPFER HIN-NEHMEN...
DENN SO WIE JETZT...
BZZZZ

VON YUICHI...
HÄ?!
DIE ANTWORT AUF MEINE EINLADUNG VORHIN...!
ITO
WIE WÄRE ES HEUTE ABEND?
GUT! GEWOHNTER ORT, GEWOHNTE ZEIT!
DODOMM
KLINGT NACH RICHTIGEM LIEBESPAAR...
WENN WIR DAS BLOSS WIRKLICH WER-DEN KÖNNTEN ...
NOCH VIERZIG MINUTEN...
HEUTE WILL ICH IHN KEINE MINUTE WARTEN LASSEN...

ABER WIE KANN ICH DAS THEMA ANSCHNEI-DEN...?
AUCH WENN ICH ALLES OFFEN ZUGEBE, WELCHE CHANCE HABE ICH...?
...
HÄ?
ES IST ERST 19 UHR 30!
SALE
ICH HABE HEUTE FRÜHER SCHLUSS GEMACHT ...
KOMMST DU IMMER SO FRÜH?
NICHT IMMER. BLOSS, WENN ICH AUF JEMANDEN WARTE, DEN ICH MAG...
HÄ?
カァ〜ッ
ACH!
BLUSH
カカカ
ALSO, MIT „MÖGEN" MEINE ICH NICHT... DU WEISST SCHON...

HACH...! ICH BENEHME MICH GERADE ECHT SELT-SAM...
WO WOLLEN WIR DIESMAL WAS TRINKEN, TAKASE-SAN?
YUICHI...
HM?
ICH MUSS MIT DIR REDEN.

WAS?
„REDEN“ ...?
ICH...
... BIN IN DICH VERLIEBT.
BONKS
DABBA
GRAB
KOMM HER...

SORRY, DASS ICH SO PLÖTZLICH DAMIT RAUSPLATZE...
ICH WOLLTE EINEN PASSENDEREN ORT DAFÜR WÄHLEN, ABER...
WILLST DU MIT MIR ZUSAMMEN SEIN?
ABER ...
... DU BIST DOCH...
ICH BIN SCHWUL.
HÄ...?
D... DU HATTEST DOCH EINE FREUNDIN ...
JA, ICH WAR MIT FRAUEN ZUSAMMEN...
WEIL ICH ES GEHEIM HIELT UND ES MIR SELBST ERST SPÄT BEWUSST WURDE...

WIRKLICH LIEBEN KANN ICH NUR...
... EINEN MANN.
YUICHI...
ICH LIEBE DICH.

VERGISS ES!
WIE... WIESO?
ICH WILL KEINE BEZIEHUNG MIT EINEM KERL, DER AUCH MIT FRAUEN KANN.
DAS HABE ICH BESCHLOSSEN.
WENN DANN DER WUNSCH NACH HEI-RATEN...
... UND KINDERN KOMMT...
... WILL ICH NICHT WIEDER DER LEIDTRAGENDE SEIN...
DAS WIRD...
NICHT PASSIEREN, DENKST DU?
JETZT VIELLEICHT NICHT, DOCH WER WEISS, WANN ES SO WEIT IST...?
ICH WILL DIESE ANGST NICHT MEHR HABEN MÜSSEN.

FÜR DICH WAR ES BEQUEMER, MIT EINER FRAU ZUSAMMEN ZU SEIN.
DAS WUSSTEST DU. DARUM HAST DU DEINE HOMOSEXUALITÄT IMMER VERSTECKT.
LETZTE WOCHE KAM EIN ANRUF VON TORU ...
ER WOLLTE MICH WIEDER MAL TREFFEN...
DAS KIND WÜRDE NACHTS STÄNDIG SCHREIEN, MEINTE ER...
... UND DASS ER DARUM MIT MIR AN EINEM RUHIGEN ORT EINE NACHT VERBRINGEN WOLLE...
WOVON REDET DER KERL?!
ZAAA

ABER ...
... DASS ER MICH SO MIES BEHANDELT, LIEGT AUCH AN MIR SELBST.
WEIL ER EBEN AUCH MIT FRAUEN KANN...
... HABE ICH MICH GEZWUNGEN, DAS ZU AKZEPTIEREN UND MEINE BEDÜRFNISSE ZU UNTERDRÜCKEN.
ICH MOCHTE IHN...
... UND HATTE ANGST VOR DEM ALLEINSEIN...
DOCH DIESEN FEHLER MACHE ICH NICHT NOCH EINMAL.
ICH WERDE JETZT GEHEN ...
ÄH ...
HAT MICH GEFREUT, DASS DU HEUTE AUF MICH GEWARTET HAST...

DASS MIR MEINE EIGENEN BEDÜRFNISSE NUN WICHTIG SIND...
... HAST DU BEWIRKT, DENKE ICH.
DANKE ...
ALSO DANN ...
YUICHI ...!
WEITER FOLGEN KONNTE ICH IHM NICHT...

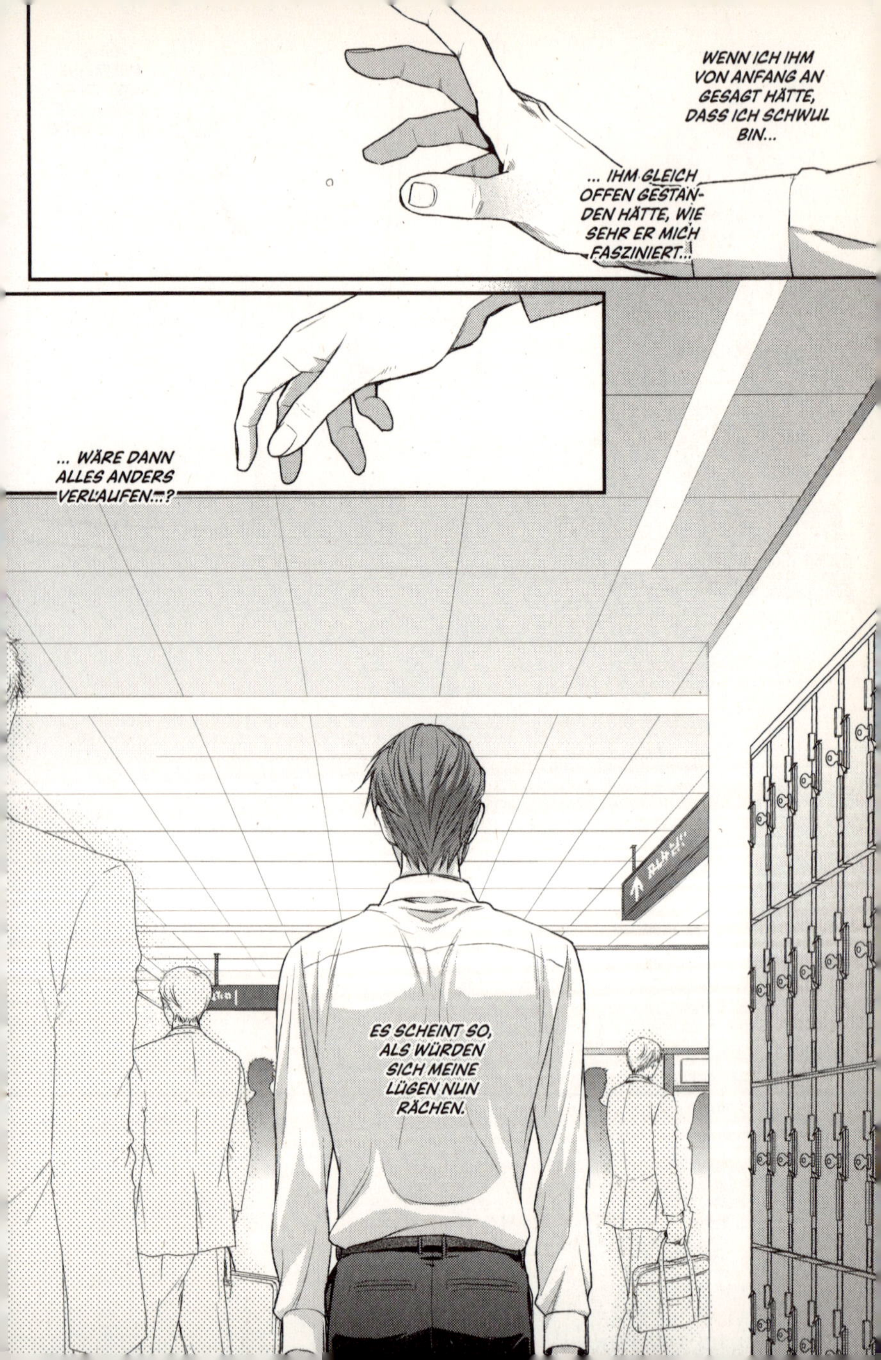
WENN ICH IHM VON ANFANG AN GESAGT HÄTTE, DASS ICH SCHWUL BIN...
... IHM GLEICH OFFEN GESTANDEN HÄTTE, WIE SEHR ER MICH FASZINIERT...
... WÄRE DANN ALLES ANDERS VERLAUFEN...?
ES SCHEINT SO, ALS WÜRDEN SICH MEINE LÜGEN NUN RÄCHEN.

KAPITEL 4

NOTHING BUT LIES

KLACK
HÄ?
HAST DU SCHON GENUG, TAKASE?
ES IST NOCH SO VIEL ÜBRIG...
BIST DU AUF DIÄT?
WOHL KAUM...!
AHAHA!
ACH, NA JA ...
HAB HEUTE WOHL ZU ÜPPIG GEFRÜH-STÜCKT...
ES IST NUN ZWEI WOCHEN HER, DASS ICH YUICHI ZUM LETZTEN MAL GESEHEN HABE...
ICH BEKOMME NEUER-DINGS EINEN BAUCH!
WEIL DU ZU VIEL SITZT! TREIB SPORT!
HÄ? DAS AUS IHREM MUND, BOSS?
WAS SOLL DAS HEI-SSEN?!

Cafe
WIE ZU ERWARTEN, MELDET ER SICH NICHT BEI MIR...
... UND ICH MICH NICHT BEI IHM...
SELBST WENN ICH ES VERSUCHE ...
ER WÜRDE MICH BESTIMMT NICHT SEHEN WOLLEN...
BONKS
OH, SORRY ...
TSS!
ICH BIN UNAUF-MERK-SAM...
NEIN...
DAS IST EINE FAULE AUSREDE...
ICH HABE BLOSS ANGST, MIT DER TATSACHE KON-FRONTIERT ZU WERDEN, DASS ER MICH NICHT MAG...
KURZ GESAGT VERMEIDE ICH ES...
... AUS SELBST-SCHUTZ.

...
DIE FRAGE IST NUR...
... WAS GENAU ICH JETZT NOCH SCHÜTZEN WILL...
... SE ...
HEY, TAKASE!
GARAN
HÄ? ÄH... JA? WAS GIBT'S?
DU UMKLAMMERST DEIN HANDY UND STARRST LÖCHER IN DIE LUFT!
ALLE ANDEREN SIND BEREITS GEGANGEN...!
ACH...
GARAN
DU WIRKST IN LETZTER ZEIT TOTAL DEPRIMIERT...

IIIRK
HAT DICH ETWA DEINE FREUNDIN ABSERVIERT?
VOLLTREFFER, WAS?
MAL BIST DU ÜBERGLÜCKLICH, MAL TOTAL FRUSTRIERT...
DU MUSST ECHT VERKNALLT SEIN, WAS?
DOCH NUN IST ES OFFENBAR ENDGÜLTIG VORBEI...
WURDEST DU BETROGEN?
NEIN...
ABER...
... ICH WAR UNEHRLICH...
HAST DU DICH ENTSCHULDIGT?
NEIN...
NOCH NICHT...

WENN MAN EINEN FEHLER GEMACHT HAT, MUSS MAN SICH AUFRICHTIG ENTSCHULDIGEN.
月予定表
IN DEN GANGSTER-FILMEN BRECHEN SIE AUCH DIE REGELN...
... ZIEHEN DANN ALLER-DINGS DIE KON-SEQUENZEN.
BOSS...
...
SIE...
... HABEN RECHT...
HEY, HEY!
DAS SOLLTE EIN SCHERZ SEIN!
WIR BEIDE SIND EINFACHE BUCHHALTER, KEINE GANGSTER!
STOPP
?

DAS DA...
WIRST DU ES ABSCHICKEN?
ZOPP
JA...
OKAY. GEWOHNTER ORT, GEWOHNTE ZEIT.
SORRY, DASS ICH DICH KONTAKTIERE. ICH WARTE AM GEWOHNTEN ORT.
ITO
18:32
↑JR
ES IST ALS GELESEN MARKIERT, ABER...

WARTEST DU SCHON LANGE?
HÄ?
ETWA ZEHN MINUTEN! KANN DAS ESSEN KAUM ERWARTEN!
DANN BESTELL DIR WAS!
AHAHA!
YUICHI...
ER WAR IMMER VOR MIR DA...

MIT WELCHEM GEFÜHL ER DIE UMGEBUNG HIER WOHL BETRACH-TET HAT...?
ICH WILL KEINE BEZIEHUNG MIT EINEM KERL, DER AUCH MIT FRAUEN KANN.
DAS HABE ICH BESCHLOS-SEN.
ICH DACHTE...
... ICH HÄTTE YUICHI VERSTANDEN...
IN WAHRHEIT JEDOCH HABE ICH GAR NICHTS VERSTANDEN...
UND ICH HABE GEGLAUBT, MIT MIR WÜRDE ER NIE WIEDER TRAURIG AUSSEHEN...
ICH IDIOT...!
GATTA
GATTA
AH...

GARAN
EINS WEISS ICH JETZT: ES WIRD EIN LANGER WEG...
ICH WERDE MICH ÄNDERN...
DIESMAL WERDE ICH IHM ALLES ERKLÄREN...
ICH WILL DER MANN SEIN, DER IHN GLÜCKLICH MACHT...

ES IST KALT GEWORDEN...
DAS IST DOCH...
... YUICHIS EX!?
HM?
YUICHI...!
HI...
LANGE NICHT GESEHEN, YUICHI...
SAG BLOSS, ER HAT EINE VERABREDUNG MIT IHM...!

TORU ...?
WAS MACHST DU HIER ...?
ICH STEIGE AN DIESER STATION EIN UND SITZE DAHER OFT HIER IM CAFÉ.
SAG MIR LIEBER, WAS DU HIER MACHST!
ACH...
HAST DU ETWA AUF MICH GEWARTET...?
SIEH AN...
DANN WAREN DAS AM TELEFON ALSO NUR GROSSE WORTE...!
BILDE DIR BLOSS NICHTS EIN.
ICH HAB DIR KLIPP UND KLAR GESAGT...
... DASS ICH NICHTS MEHR VON DIR WILL.
FÜR DICH KOMMT DEINE FAMILIE DOCH AN ERSTER STELLE.
NA UND?!
SELBST WENN ICH MICH VON MEINER FRAU TRENNEN WÜRDE, KÖNNTEN WIR HIER IN JAPAN NICHT HEIRATEN, RICHTIG?
DARUM WERD WIEDER VERNÜNFTIG, SO WIE DU ES VORHER WARST...!

LASS UNS WIEDER SPASS IM BETT HABEN, JA?
YUI...
KICK

TAKASE-SAN?!
AUA...
WAS SOLL DAS...?
HÄLST DU YUICHI FÜR EINEN IDIOTEN?!

HÄÄÄH?
HEY...!
HÖRT AUF...
GASCH
DOMPA
UGH...!
YUICHI?!
HEY! SIE DA...! NICHT DOCH...!
YUICHI, ALLES IN ORDNUNG?
...

ICH HABE NICHT AUF DICH GEWARTET, TORU.
ICH WILL DICH NICHT WIEDERSEHEN.
ENTSCHULDIGEN SIE BITTE DEN ÄRGER...
AH!
WARTE ...!
YUICHI!

BIST DU GEKOMMEN, UM MICH ZU TREFFEN?
LOS, SAG SCHON!
WARTE DOCH!
ICH WILL MIT DIR REDEN!
SORRY WEGEN VORHIN!
ICH HATTE EUER GESPRÄCH GEHÖRT...
... UND BIN AUSGE-RASTET...
BIST DU VER-LETZT?
ES TUT MIR LEID, DASS ICH DIR VERHEIMLICHT HABE, DASS ICH SCHWUL BIN...

DOCH ICH VERSPRECHE DIR, DICH NIE WIEDER ZU BELÜGEN!
DU GIBST VIELLEICHT NICHT VIEL AUF DAS, WAS ICH SAGE, ABER...
... ICH WILL, DASS DU MIR NOCH EINMAL VERTRAUST!
HÖRST DU?
YUICHI...
ICH LIEBE DICH!

ICH KANN NUR NOCH AN DICH DENKEN!
BITTE, WIR SOLLTEN UNS WIEDER TREFFEN, JA?!
ICH HATTE IMMER NUR AUGEN FÜR DICH...!
YUICHI!
YUICHI...

DU WIRST MIR AUCH WIRKLICH NIE UNTREU SEIN...?
NIEMALS!

DU WIRST NIE SAGEN, DASS DU KINDER WILLST?
NEIN!
ODER DASS DIR EINE FRAU DOCH LIEBER WÄRE...?
NEIN!
ICH HABE ANGST...
SOLLTEST DU MICH HINTERGEHEN ...
... WÜRDE ICH DARÜBER VIELLEICHT NICHT HINWEG-KOMMEN...
DARUM HABE ICH ANGST...

ICH LASSE DICH NIE MEHR LOS!
UH...

WENN WIR VERABREDET SIND... WIRST DU VOR MIR DA SEIN UND AUF MICH WARTEN?
HUFF
VER-SPROCHEN!
DIESE ANGST, OB DER ANDERE AUCH WIRKLICH KOMMT...
... HABE ICH NÄMLICH AUCH SATT...
HUFF
ICH WERDE DICH NIE WARTEN LASSEN.
VERTRAUST DU MIR NUN?

BITTE VERTRAU MIR...
DANKE FÜRS HEIM-FAHREN ...
DU FÄHRST MIT DEM AUTO ZUR ARBEIT!?
JA, MIT DER BAHN NUR, WENN ICH DICH TREFFE, WEIL ICH DANN WAS TRINKE.
...
STILLE

ALSO...
WARUM DENN SO NERVÖS, TAKASE-SAN?
ÄH...
WAS?
AWA AWA
DU BIST DOCH SELBST NERVÖS, YUICHI...
...
PFFF...
MH...

WO IST DAS BETT...?
GATTA
PATAMM
GIEK
DURCH DIE TÜR DA...
GIEK
KISS
KISS
ZUPP
GIEK

FLAFF
...
SLUFF
FLAFF
...
TAKASE-SAN IST JA SCHON HART...

はっ
HÄ?!
ÄHM... ÄH...
FÜR DICH IST ES DAS ERSTE MAL MIT EINEM MANN, RICHTIG?
ALSO ...
... VIEL-LEICHT SOLLTE ICH DIE FÜHRUNG ÜBER... ... NEHM ...
グイッ
GRAPP
SMU
FAPP
FAPP
ZUCK
ZUCK
...
MH ...
KISS
KISS
PFAH
SORRY ...
ICH KANN MICH NICHT BEHERR-SCHEN...
SAG EIN-FACH, WENN ICH WAS KOMISCHES MACHE...

HÄ?
AH!
FLUP
MH...!
UH ...
GLITT くちゅ
GLITT くちゅ
GLITT くちゅ
ZUCK
ZUCK
...
...
YUICHIS KÖRPER...
... IST SO WUNDERSCHÖN...

ICH WERDE IHN WIE EIN JUWEL BEHANDELN...
... MIT HINGABE...
... UND ZÄRTLICHKEIT...
UH...
AHHH...
UH...
ZUCK
...
ZUCK
GLITT
GLITT
MH...
SLUUU
YUICHI ...
ICH LIEBE DICH...
HA!
HA!
DODOMM
...
DODOMM

HA!
TA...
HA!
TAKASE-SAN...
MH... MH...!
GLITT
GLITT
HA!
UH...
HA...
PFAH
TAKASE-SAN!
I... ICH BIN NUN BEREIT...
WOLLEN WIR ES TUN...?
GULP

GLITTTT
UH...
TIPPS
MH...!
...
WOPP
HA!
HA!
HA!
ICH BIN GANZ IN DIR...
TU ICH DIR AUCH NICHT WEH...?
KISS

NEIN, ALLES OKAY...
WIRKLICH? SOLLTE ES WEHTUN, SAG ES, JA?
SWIFF
SWIFF
MH...
GRAPS
BEWEG DICH JETZT BITTE NICHT ...
AH!
ROMP
AH... MH!
HAAAH...
AH!
NGH ...!
AAH!

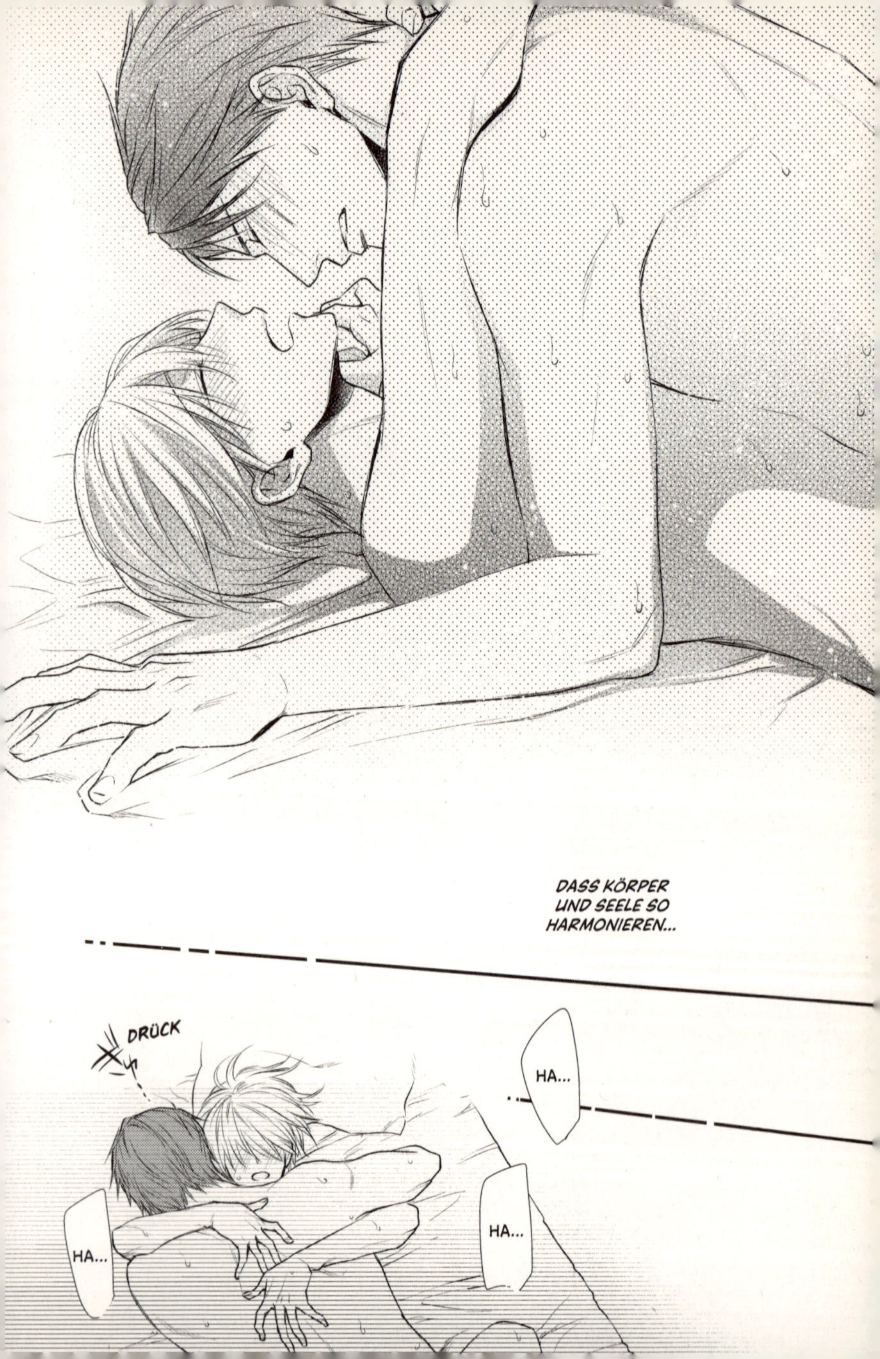
DASS KÖRPER
UND SEELE SO
HARMONIEREN...
HA...
HA...
DRÜCK
HA...

SO UMSCHLUNGEN MIT EINEM GELIEBTEN MENSCHEN ZU LIEGEN...
DAS MACHT MICH GLÜCKLICH...
WILL IHN GAR NICHT LOSLASSEN...
SWIFF
...
SA... SAG MAL, TAKASE-SAN...
HM?
WAR ES SCHLIMM FÜR DICH?
ÄHM...
SORRY, DASS ICH NUR DICH MACHEN LIESS UND SELBST NICHTS GETAN HABE...
NICHTS GETAN, SAGST DU...?
ICH HÄTTE DICH AKTIVER BEFRIEDIGEN SOLLEN...
ICH WAR SUPER BEFRIEDIGT!
AWAWAWAWA
...!
SEI EINFACH DANN AKTIV, WENN DIR GERADE DANACH IST!

DA... DAS WAR OFFEN-BAR ZU VIEL...
ÄHM... ICH MUSS SCHNELL ETWAS TUN, SONST FÜHLT ER SICH SCHLECHT...
IHN ERMUN-TERN...?
ZU EINER ZWEITEN RUNDE...?
GIEK
TAP
TAP
GEHST DU?
OH GOTT, NEIN!
ZRUFF
ZRUFF
GIEK
GEHT ES DIR GUT?
ICH WAR WOHL ETWAS ZU WILD...
WILLST DU DICH HINLE-GEN?
LOS, ICH STÜTZE DICH...
SWIFF
SWIFF

HÄ?! WAS IST?!
ES IST WIRKLICH NICHTS...
ACH, NICHTS ...
ABER...
DU WEINST JA...
ICH BIN ES BLOSS NICHT GEWOHNT, DASS SICH JEMAND SO UM MICH KÜMMERT...
MACH DIR KEINE GEDANKEN ...
...
GNÜÜÜ
ICH WERDE MICH IMMER UM DICH KÜMMERN!

BONKS
DAS GESICHT EINES MAFIOSOS UND TROTZDEM SO NETT...
TAKASE-SAN...
DU BIST ECHT WAS BESONDERES ...

LETZTES KAPITEL
NOTHING BUT LIES

7.12.
LÖSCHRAUM
GRAB
DAS SIEHT SCHWER AUS.
ICH TRAGE ES FÜR SIE, TAKEKAWA-SAN.
ACH... TAKASE-SAN! ♥
ぽっ
BLUSH

WENN SIE ES BITTE IN DER TEE-KÜCHE NEBEN DEM REGAL ABSTELLEN ...!
MACHE ICH.
DANKE! DAMIT IST MIR SEHR GEHOL-FEN!
LÖSCHRA
ICH HABE DAS GEFÜHL, ICH KÖNNTE NUN ZUR GANZEN WELT NETT SEIN...
MMMH...!
SIE SIND EINFACH EIN TOLLER MANN!
DANN ERLEDIGE ICH DAS MAL...
HÄTTE MEINE TOCHTER BLOSS EINEN WIE SIE ZUM FREUND!
FUHUHU
SIE IST EINE SCHÖN-HEIT... SO WIE ICH!
KLEINER SCHERZ...
TUT MIR LEID, ABER...
... ICH... BIN BEREITS VERGEBEN...
はっっ
HÄ?
ACH!
ÄHM...

WAS DENN...?! SIE HABEN SCHON EINE FREUN-DIN!?
TJA, EINEN WIE SIE LASSEN DIE FRAUEN VERMUTLICH KAUM LINKS LIEGEN!
SCHADE...!
PATT
PATT
ALSO DANN ... NOCH MAL DANKE...!
FRÜHER WÄRE ICH DA GANZ GE-SCHICKT AUS-GEWICHEN...
HACH! EIN MANN WIE SIE...
BLA
JEDER WEISS, WIE SCHÖN IHRE TOCHTER IST. SIE MUSS DOCH SCHAREN VON VEREHRERN HABEN...!
BLA
SO WAS IN DER ART...
ABER...
... WEGEN YUICHI MÖCHTE ICH EHRLICH SEIN...
OBWOHL ER IN DER LIEBE SCHON VERLETZT WURDE...
... HAT ER MIR TROTZ MEINER UNEHRLICHKEIT SEIN VERTRAUEN GESCHENKT...
ICH MÖCHTE SCHRITT FÜR SCHRITT AN MIR ARBEITEN...
... DAMIT ICH IHN AUCH WIRKLICH VERDIENE...

ICH WILL IHN IMMER WERT-SCHÄTZEN...
NACH DER ARBEIT HABEN WIR EIN DATE!
KANN ES KAUM ERWARTEN, YUICHI ZU SEHEN!
ENDLICH IST FREITAG...
WIR WERDEN ERST ZUSAMMEN ESSEN GEHEN UND DANN BRINGE ICH IHN NACH HAUSE...
MEINE HEMMUNGS-LOSIGKEIT VOM LETZTEN MAL WERDE ICH HEU-TE DURCH VIEL ZÄRTLICHKEIT WIEDERGUT-MACHEN ...
TEEK
...
...
...
HÄ? DU HAST DICH VON IHM GETRENNT?!

HEY, HEY...
SOLCHE PRIVATGESPRÄCHE GEHÖREN NICHT HIERHER ...
SCHLECHTES TIMING...
ER DACHTE BEI JEDEM DATE NUR AN SEX!
DA HAB ICH MICH GEFRAGT, OB ER MICH WIRKLICH LIEBT...
AH, VERSTEHE...
DA HAT MAN DAS GEFÜHL, NICHT WERTGESCHÄTZT ZU WERDEN, WAS?
HÄ?!
DAS HEISST ALSO...
ES WÄRE FALSCH?!!
...
HATTE VOR, AN DIESEM ABEND MIT YUICHI SEX ZU HABEN.
STARBECKS COFFEE

NA JA, ES HIESS DOCH „BEI JEDEM DATE“...
WIR HABEN ES BLOSS EINMAL GETAN, SEIT WIR ZUSAMMEN SIND...
ABER ICH HABE IHN GLEICH AM ERSTEN TAG UNSERER BEZIEHUNG FLACHGELEGT...
GNNN
SLUP
NEIN, NEIN, NEIN, NEIN...
ALLES OKAY ZWISCHEN UNS!
DIE STIMMUNG WÄHRENDDESSEN UND DANACH WAR PRIMA...
BZZZ
comodo
19:06
ITO
ENTSCHULDIGE! DAS MEETING HAT SICH HINGEZOGEN! BITTE WARTE NOCH ETWAS!
OK
BIN JETZT UNTERWEGS!
VON YUICHI...
DER JOB SCHEINT IHN HEUTE ZU STRESSEN...
„ALLES KLAR! ICH WARTE AM GEWOHNTEN ORT!“ ...
WOLLEN WIR DANN MAL LOS ...?

OK, DA HAB ICH EINEN TIPP VON FREUNDEN...
ICH HABE LUST AUF PASTA!
BIS VOR KURZEM WAREN SOLCHE SZENEN NOCH BITTER FÜR MICH...
ZU WARTEN UND NICHT ZU WISSEN, OB DIE ERSEHNTE PERSON ERSCHEINT ODER NICHT, WAR HART...
ABER JETZT...
TAKASE-SAN!
ENTSCHULDIGE DIE VERSPÄTUNG!
YUICHI!
ICH WEISS EINFACH, DASS WIR UNS LIEBEN...
↑JR

LÄUFT ES IM JOB?
JA, ABER...
TUT MIR ECHT LEID, DASS DU SO LANGE WARTEN MUSS-TEST...
WIR HÄT-TEN UNSER DATE VER-SCHIEBEN SOLLEN...
MACH DIR KEINEN KOPF!
DAS WARTEN AUF DICH WAR AUFREGEND...
ICH WOLLTE DICH UNBEDINGT SEHEN...
TAKASE-SAN...

DEIN TAG WAR BESTIMMT ANSTRENGEND, WAS?
GARAN
HAST SICHER NOCH NICHTS GEGESSEN! WIR ESSEN JETZT WAS UND DANN AB NACH HAUSE...!
ES GIBT DA EINEN LADEN, ZU DEM ICH MIT DIR WILL...
GRAB
スッ
DIE MACHEN GENIALES HÜHNCHEN!
DU MAGST HÜHNCHEN DOCH SO SEHR!
JA...
HEHE...
FREUE MICH RIIIESIG AUF DAS HÜHNCHEN...!
SO SEHR...?
GEBRATEN? GEBACKEN?
WAS IMMER DU WILLST!
WAH...!

DANKE FÜRS HEIM-FAHREN!
DAS ESSEN WAR WIRKLICH SUPER-LECKER!
JA...
DAS FREUT MICH...
UND MORGEN ALSO NOCH MAL EIN TRIP ZU DER SCHLUCHT VON NEULICH...!
DIESMAL SCHAFFE ICH DIE BRÜCKEN-CHALLANGE!
ÄHE
ÄHM...
HÖR MAL, YUICHI...
DARF ICH HEUTE BEI DIR...
WAH!

ER DACHTE BEI JEDEM DATE NUR AN SEX!
DA HAT MAN DAS GEFÜHL, NICHT WERTGESCHÄTZT ZU WERDEN, WAS?
ACH...
NEIN... ÄH...
WA... WAR EIN TOLLER ABEND!
ICH FAHRE DANN MAL NACH HAUSE...
WENN ICH DA BIN, MACHST DU DIR WIEDER UMSTÄNDE UND KANNST DICH NICHT AUSRUHEN ...
HÄ? DU WILLST NICHT MEHR MIT REIN-KOMMEN?
SCHLAF DICH HEUTE SCHÖN AUS, DAMIT DU FÜR MORGEN FIT BIST!
WAR DAS AUCH WIRKLICH RICHTIG?!
HAB ICH AUCH NICHT DIE FALSCHE ENTSCHEIDUNG GETROFFEN?!
OKAY...

DU BIST SO RÜCKSICHTSVOLL...
ALSO DANN, BIS MORGEN!
RICHTIG ENTSCHIEDEN!!
JA! GUTE NACHT, YUICHI!
GUTE NACHT, TAKASE-SAN!
VROOOO
DAS WAR KNAPP...
GENAU! GANZ RICHTIG! WIR HABEN ES BEIM LETZTEN MAL WILD GETRIEBEN! HEUTE GLEICH NOCH MAL WÄRE ZU VIEL!
WIRKLICH GUT, DASS ICH MICH NICHT HABE VERFÜHREN LASSEN!
ICH KANN MEINE TRIEBE KONTROLLIEREN...!

YUICHI SOLL NOCH MEHR VERTRAUEN ZU MIR FASSEN...!
NÄCHSTER TAG...
DU WILLST ES WIRKLICH NOCH MAL VERSUCHEN...?
HAB ICH DOCH GESAGT!
LETZTES MAL MUSSTEST DU MEINETWEGEN IN DER MITTE UMKEHREN!
HAB DESHALB EIN SCHLECHTES GEWISSEN...
DAS BRAUCHST DU NICHT!

STIMMT. DU HAST DEN AUSBLICK EH SCHON X-MAL GESEHEN, WAS?
HÄ?
WAR NUR SPASS!
ICH WILL DIE AUSSICHT MIT DIR ZUSAMMEN GENIESSEN!
LOS, GEHEN WIR!
GUT...!

SCHON BEÄNGSTI- GEND...
HALTE DURCH!
TAP
DIESE AUS- SICHT...

... HÄTTE ICH NICHT GENIESSEN KÖNNEN, WENN ICH BLOSS DAHINTEN GEWARTET HÄTTE...
ABER DU BIST MIT MIR HIERHER-GEGANGEN...
ICH WILL...
... IHN KÜSSEN ...
YUICHI...

ABER WENN MICH DAS ANTÖRNT, KANN ICH MICH HEUTE ABEND VIELLEICHT NICHT BEHERRSCHEN...
ICH HATTE JA BESCHLOSSEN, MEINEN TRIEB IM ZAUM ZU HALTEN!
DARUM VORSICHT, SOLANGE VON YUICHI KEIN OKAY-SIGNAL KOMMT!
WOL-LEN WIR LANGSAM ZURÜCK?
HÄ?
AH, IN ORD-NUNG...
...?
!
LOVE CHERRY
2990
3990
4990
IIIRK
NICHT HINSEHEN! NICHT HIN-SEHEN! WEG MIT DEM TRIEB! WEG!
SCHÜTTEL
SCHÜTTEL

...
WIR SIND DA, YUICHI...
TAKASE-SAN...
GNÜ
HEUTE... KOMMST DU DOCH MIT REIN, ODER?
DAS OKAY-SIGNAL!!
WAH! WAH! JA...! JA...!
ABER JETZT RUHIG BLEIBEN ...
GUT, DANN MUSS ICH JETZT EI-NEN PARK-PLATZ FINDEN...

HÄ?!
AH, ES GIBT DA NOCH EIN PARKHAUS...
24h
BESETZT
500m
GUT. VERSUCHEN WIR'S DORT...
HÄ?!!
P
BESETZT
ÄH...
WO GIBT ES NOCH...
WENN ICH DEN NÄCHSTBESTEN PARKPLATZ NEHME, WIRKT ES, ALS WOLLTE ICH SCHNELL ZUR SACHE KOMMEN...
ICH FAHRE BESSER NACH HAUSE...
MORGEN HABEN WIR BEIDE KEINE ZEIT. SEHEN WIR UNS ALSO NÄCHSTE WOCHE?
JA...
GIEK

DANN BIS FREITAG ...
ZUR GEWOHNTEN ZEIT AM GEWOHNTEN ORT...
VROOOO
...
YUICHI WAR HEUTE WIEDER SO SÜSS... UND ICH EIN WAHRER GENTLEMAN...
NOCH KURZ TEXTEN... „BIN SCHON ZU HAUSE. GUTE NACHT!“...
VOLLKOMMEN ZUFRIEDEN...

ICH MUSS MIT DIR REDEN. BIN AN DER BAHNSTATION, AN DER DU WOHNST. BITTE KOMM HER.
HÄ?!
YUICHI...
ÄH... WIESO BIST DU...
ALS DU WEG WARST, BIN ICH SOFORT MIT DER BAHN HINTERHER...

TAKASE-SAN...
ICH WILL EINE EHRLICHE ANTWORT!
STEHST DU IN WAHRHEIT GAR NICHT AUF MÄNNER?
は?
HÄ?!
WIE... WIESO...?
WEIL DU NICHT IM GERINGSTEN WIRKST, ALS WILLST DU SEX MIT MIR...

ES IST MIR PEINLICH, DAS HIER SO AUSZUSPRECHEN, ABER...
... MIT DIESER UNGEWISSHEIT KANN ICH NICHT LEBEN...
ALSO SAG MIR DIE WAHRHEIT...!
OH MANN, EY!!
NA KLAR WILL ICH SEX MIT DIR!!

I...
ICH WOLLTE NUR NICHT, DASS DU DENKST, ES GINGE MIR BLOSS DARUM...
ICH WOLLTE NICHT, DASS DU MICH WEGEN MEINES TRIEBS HASST...
GANZ IM GEGENTEIL...!
ICH DACHTE...
... DU HÄTTEST ES DIR NACH DER GEMEINSAMEN NACHT ANDERS ÜBERLEGT!
...

ふはっ
PFAHA!
ICH SOLLTE ENDLICH AUF-HÖREN...
... EINDRUCK SCHINDEN ZU WOLLEN...
UND ICH SOLLTE NICHT IMMER GLEICH VERUNSICHERT SEIN...
... WENN ICH DIESE ART VON BESTÄTIGUNG NICHT BEKOMME...

ACH...
JA, STIMMT ...
TAKASE-SAN...
ICH BIN DIR DOCH WICHTIG, NICHT WAHR?
JA, DAS BIST DU...
... YUICHI...
HEY...
DARF ICH MAL GANZ OFFEN SEIN...?
IN WAHRHEIT HATTE ICH GESTERN UND HEUTE NUR DEN WUNSCH, IN DEINEN ARMEN ZU SEIN.
ICH... WÜRDE JETZT GERN MIT DIR IN EIN HOTEL GEHEN...! WAS MEINST DU...?

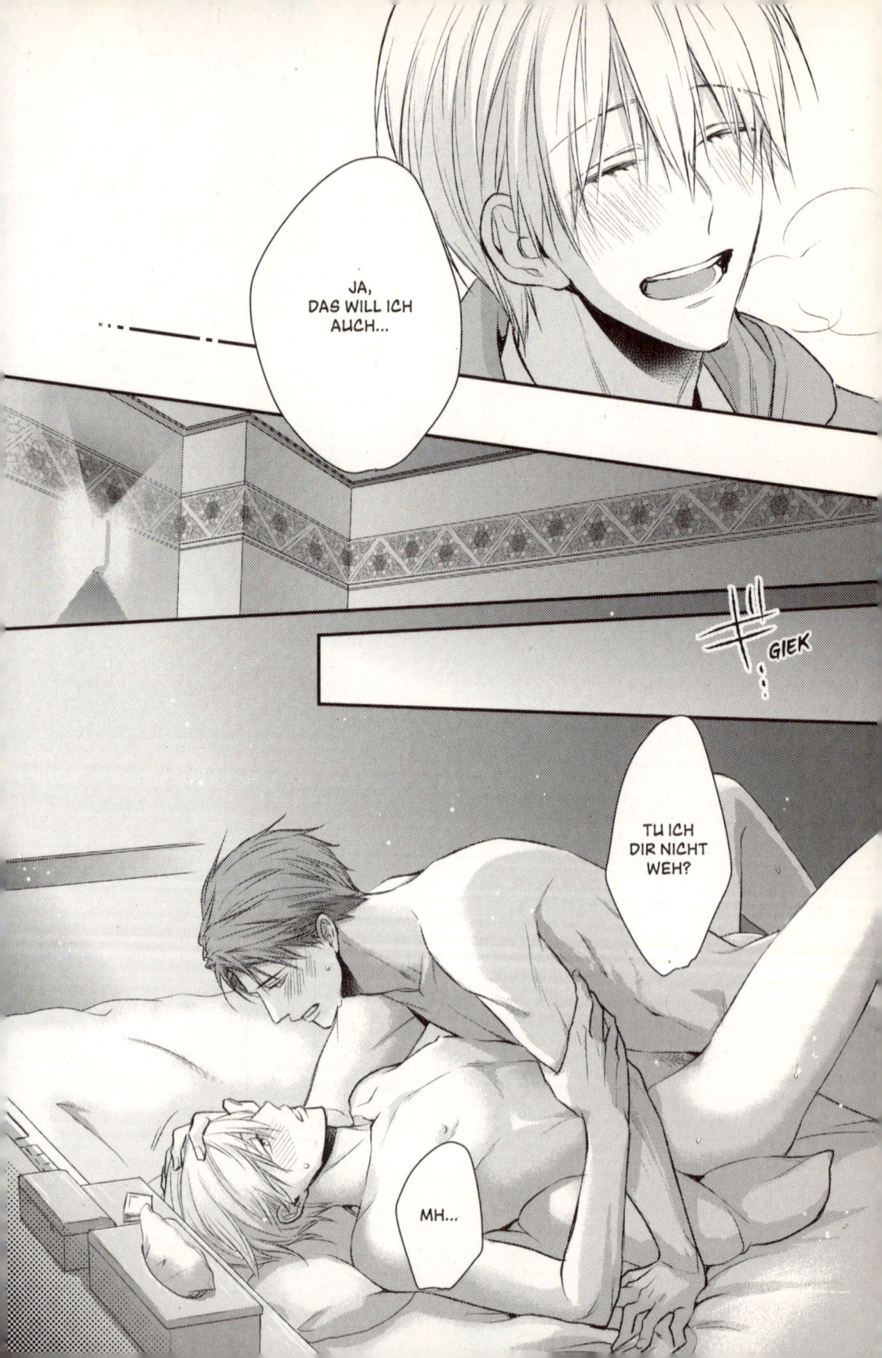
JA,
DAS WILL ICH
AUCH...
GIEK
TU ICH
DIR NICHT
WEH?
MH...

AH...
GLITT
PAMM
MH!
GIEK
UH...
MM...
HA...
GIEK
HA!
...
HA!
...
UH...
WAS? WAS IST...?

ACH, ES IST NUR...
JA...
HA!
ICH WUSSTE NICHT, DASS SEX MIT JEMANDEM SO UNGLAUBLICH BEFRIEDIGEND SEIN KANN...
GEHT MIR GENAUSO...
DAS IST ERST DER ANFANG UNSERER BEZIEHUNG...
WIR BEIDE...

... WERDEN KÜNFTIG NOCH VIEL ZUSAMMEN ERLEBEN...
HIER EIN VERSPRECHEN!
ICH WERDE AN MEINEN SCHLECHTEN GEWOHNHEITEN ARBEITEN!
ICH AUCH.
ABER DU BIST SO GUTMÜTIG, DASS ICH BALD WIEDER TUN WERDE, WAS ICH WILL!
NUR ZU!
DANN SOLLTEST DU ABER AUCH HÄRTER IM NEHMEN WERDEN!

ÜBRIGENS...
ICH WÜRDE ES GERN NOCH MAL TUN...
IST DAS OKAY?
KLAR!
ENDE

NOTHING BUT LIES

EIN TAG IM JANUAR ...
VERSTÖRENDE NEUJAHRSPOST
SIND DIE ALLE VON DIESEM JAHR?
JA... UND ICH MUSS SIE ALLE BEANTWORTEN...
SIND SO EINIGE...
HM...
MAN BEKOMMT SO VIEL NEUJAHRSPOST VON FIRMEN, WAS?
HM? DAS IST JA...
FLAP
UNSER BÜRO ZIEHT UM!
DASS SIE UNSER BÜRO AB DEM XX.XX.
YUICHIS EX...!
Lass uns mal zu zweit was trinken gehen, wenn du Zeit hast!
HÄÄÄÄÄÄH?!
ZITTER
ZITTER
BLOSS REINE HÖFLICHKEIT!
ICH KENNE TORU ÜBER DEN JOB...
WAS HEISST HIER „ZU ZWEIT"?!
DER KERL IST GESCHÄFTSFÜHRER...?!
NEIN! DU VERSTEHST DAS FALSCH!

LEIH MIR MAL KURZ DEINEN DRUCKER!
HÄ? OKAY...
ZASA
BIP
ZASA
BIP
BZZZN
TADAAA
LOVE
LOVE
TAKASE YUICHI
ir sind
irre verliebt!
Beste G
von uns bei
COLLAGE AUS ALTEN FOTOS
DU WIRST DIESEM KERL EINE GANZ BESONDERE NEUJAHRSKARTE SCHICKEN!
BUAAAH ...!
HE! HE! HE! HE!
DAS DING KANN ICH DOCH NICHT ABSCHICKEN!
HAHA!
WAAAH! MEIN BAUCH TUT WEH!
NUN BIN ICH SO RICHTIG IN FAHRT!
DER TYP SCHICKT DIR SONST BEI JEDER GELEGENHEIT KARTEN MIT BLÖDEN ANMACHEN!
»ICH KANN NICHT MIT DIR AUSGEHEN. DAS WÄRE MEINEM PARTNER GEGENÜBER UNFAIR!«...
KRZ
KRZ
DECKENMANTEL

FRÜHER HÄTTE ICH BEI SO EINER KARTE NICHT DIESE RUHE BEWAHREN KÖNNEN...
DU MUSST DAS DING NICHT WIRKLICH ABSCHICKEN ... HAHA!
DASS ICH DARÜBER NUN SO LACHEN KANN...
DOCH ICH MUSS SAGEN, DAS HABE ICH ECHT GUT HINGEKRIEGT...
...VERDANKE ICH TAKASE-SAN...
DRÜCK
...
WAS IST?
HAB GERADE DARAN GEDACHT, WIE SEHR ICH DICH LIEBE...

YUICHI...
HM...
KISS
TAGE SPÄTER ...
HÄ?
WO IST EIGENTLICH DIESE KARTE GEBLIEBEN?
LOS! AUF ZUM NEUJAHRS-SCHREIN-BESUCH!
EINE NEU-JAHRSKARTE... VON WEM DIE WOHL IST...?
...
ENDE

NACHWORT

SHINA SUZAKA UND RIKA ANZAI ♡

VIELEN DANK AN ANZAI-SENSEI, DIE MIR FREIE HAND BEIM ZEICHNEN GELASSEN HAT!!

♡ SPECIAL THANKS AN: ♡ RIKA ANZAI, REDAKTEURIN K.-SAN, DIE DESIGNER NARUKOMA-SAN, U.DA-SAN, F.DA-SAN, ALLE, DIE AN DIESEM WERK BETEILIGT WAREN! ♡

HALLO, ICH BIN RIKA ANZAI!

ALS ICH VON DER REDAKTEURIN ERFUHR, DASS SUZAKA-SENSEI MEIN WERK ALS MANGA ADAPTIEREN WÜRDE, GLAUBTE ICH, MEINEN OHREN NICHT TRAUEN ZU KÖNNEN! (TATSÄCHLICH WAREN ES DIE AUGEN, DENN DIE NACHRICHT KAM PER E-MAIL.) ALS ES DANN SO WEIT WAR, STELLTE ICH ERGRIFFEN FEST, DASS DIE SACHE OFFENBAR EINEN BETRÄCHTLICHEN ANTEIL VOM GLÜCKSKONTINGENT MEINES LEBENS IN ANSPRUCH NEHMEN WIRD – ABER GUT SO!

DAS URSPRÜNGLICHE WERK WAR EINES VON MEHREREN, DIE ICH DAMALS FLEISSIG PRODUZIERTE. SIE WURDEN ALS MAGAZINSERIEN VERÖFFENTLICHT, JEDOCH NIE IN BUCHFORM. DANK SUZAKA-SENSEI IST DIES NUN GESCHEHEN. ICH DENKE, YUICHI UND TAKASE HÄTTEN IHRE FREUDE DARAN! ICH WAR ÜBERRASCHT, WIE DANK SUZAKA-SENSEIS HAND DER EINFACHEN STORY MIT IHREN SCHLICHTEN CHARAKTEREN SO VIEL LEBEN EINGEHAUCHT WURDE. INITIIERT DURCH DEN MANGA WURDE NUN AUCH DIE VERÖFFENTLICHUNG ALS ROMAN BESCHLOSSEN, WAS MICH UNGLAUBLICH GEFREUT HAT. ICH HOFFE, IHR WERDET AUCH DEN LESEN!

ICH DANKE SUZAKA-SENSEI AUS TIEFSTEM HERZEN FÜR DIE ADAPTION! ICH WERDE DIESEN MANGA WIE EINEN SCHATZ HÜTEN!

UND ICH WERDE SUZAKA-SENSEI KÜNFTIG ALS FAN DIE TREUE HALTEN!

SUTOPPU!

Koko wa kono manga no owari dayo.
Hantaigawa kara yomihajimete ne!
Dewa omatase shimashita!
Tanoshii hitotoki wo dozo!

Egmont Manga Chiimu

STOPP!

Das ist der Schluss des Mangas.
Fangt bitte am anderen Ende an!
Und nun genug der Vorrede,
viel Spaß beim Lesen!

Euer Egmont Manga Team

„Nothing but Lies" von Shina Suzaka und Rika Anzai
Aus dem Japanischen von Monika Hammond
Originaltitel: „Tonari no Usotsuki"

Originalausgabe:
Tonari no Usotsuki

First published in Japan in 2019 by SHINSHOKAN CO., Ltd. Tokyo
German version published by EGMONT Verlagsgesellschaften mbH under license from SHINSHOKAN CO., Ltd..

Deutschsprachige Ausgabe:
2020 Egmont Manga
verlegt durch Egmont Verlagsgesellschaften mbH,
Alte Jakobstr. 83, 10179 Berlin

2. Auflage 2020

Verantwortliche Redakteurin: Luisa Steinhäuser
Textbearbeitung: Etsche Hoffmann-Mahler
Printed in the EU
Gestaltung: Laura Bartels
Koordination: Angelika Schönhuber
ISBN 978-3-7704-2667-6